튤립연가

이종섶 시집

튤립연가

영원한 사랑 그대

텔레비전 채널을 돌리다 우연히 김호중이라는 가수를 보게 되었다. 단단한 발성과 안정적인 목소리. 나는 어느새 그가 부르는 노래에 흠뻑 빠져들었다. 평소에 텔레비전을 보는 편도, 트로트에 관심이 많은 편도 아니었으니 어쩌면 이날의 만남이야말로 운명이 아니었을까.

그날부터 그와의 본격적인 만남이 시작되었다. 과거에 출연했던 〈스타킹〉을 본 것이 생각나면서, 〈미스터트롯〉도 처음부터 끝까지 전부 챙겨보았다. 알면 알수록 그에 대한 사랑도 커져 갔다. 그에 관한 사유는 한 편 한 편의 시가 되었고, 마침내 한 권의 시집으로 완성되었다. 한 마디로 이 시집은 그가 한 말과 그가 부르는 노래의 메아리다.

《튤립 연가》는 내가 펴낸 시집 가운데 가장 아름다운 시집이다. 이 책을 김호중과 그의 팬들에게 바친다.

차례

2부 부딪히는 돌을 길가에 쌓으며

3부 천둥소리가 눈물을 재생하는 날

4부 바람은 무한의 날개를 달고

1부 다 큰 아이가 울고 있었네

찔레꽃

다 큰 아이가 울고 있었네
그 울음에서 싹이 나고 줄기가 자라
울음꽃 하얗게 피었네

바람결에 날리는 울음꽃에도 향기가 있어
천 리 밖에서도 냄새를 맡고서
하염없이 울기만 했다는
들꽃 같은 어미들의 눈물

가시가 문드러져
맨들맨들한 줄기로 피워내는 울음꽃에
그리움을 켜켜이 쟁여 씨방을 만들면
눈물이 먼저 들어가
고운 잠을 자네

방에만 들어가면 그리운 얼굴
방에서 나오면 더 그리운 얼굴

다 큰 아이가 울음을 그치네

울음꽃이 곱게 말라

어미들의 머리맡에 하얗게 쌓이네

애기똥풀꽃

텅 빈 제 속으로 들어가
서럽게 울고 있는 아이

누런 울음이
젖지도 않을 세월의 그늘에
누렇게 번져가네

그리움을 배워 직립이 익숙할 무렵
마을 어귀 빈집 찾아
누런 꽃을 누네

노란 새 푸르릉 날아가고
눈물이 노랗게 피어나네

빈 컵
– 유년의 추억

채우려고 기다리는 것인지
속을 말끔히 비워놓고 기다리는 것인지

빈 공간에서
흔들림도 없이 살아보지 않고서는
그 자세의 비밀을 알 수 없다

눈물조차 사치인 듯
철조망 같았던 뼈들이 투명해져 갈 때

빈 공간 한 자락을 얻어
몸집보다 큰
구멍을 만든다

가족사진

길지도 않았던 세월에
촉수도 없는 이끼가 거뭇거뭇 번지고
기억 속의 옹이들이 툭툭 불거진다

흑백 사진을 꺼내
신경을 이리저리 굴리며
탈색된 경계와 이름들을 떠올린다
순간
어지럽게 흩어지는 푸른 빛
액자의 유리가 깨지고
비늘 같은 눈물이 흐른다

돌아 나올 수 없는 길
주춤거리며
흰 눈망울만 드러내는 그림자들이
얼굴을 가린 채 물에 뛰어들고
바람은 일용할 양식을 구하지 못해

투명한 허기를

낮은 골짜기에 버린다

폐허가 되어버린 빈집에

홀로 남겨진 우물

하얀 그늘이

움찔 놀라며 더 깊이 들어간다

문득

눈을 뜬다

울산

얼굴이 화끈거릴 때마다

두 손으로 감싸 쥐고 들어가

밤새 나올 줄 몰랐던

기억 속의 빈집

웅크리고 있던 어두움이

하얀 눈을 두리번거리다

문턱에 걸려 넘어진 이후

고단한 새벽의 눈썹에 슬픔이 고이고

집으로 가지 못해 야윈 달은

황망히 떠있기만 했던

그리움의 물풀 위로 떠돌았다

뿌리가 젖은 이파리들은

변두리 정거장에서

그 작고 애잔한 몸을 떨며

마지막 버스를 기다렸다

집으로 돌아가기 위해

마른 울음을 내걸었던 풍경 속에

주소가 없는 밤이 오면

대문은 열려 있으나

불은 꺼져 있는 집들

가시를 키우는 나무

상처가 깊을수록 가시는 단단해진다

무슨 슬픔이 저리 깊어

가시로 뭉치는 것일까

가시 끝에 몰린 독으로 푸른 망막을 찌른다

오늘도 그 가시를 품에 안고

부드러운 슬픔 하나 키워보려는데

기억 속의 경계를 지키는 녹슨 철조망에

눈물이 맺힌다

그제서야 물렁해지는 가시

대구
– 눈물은 추락하지 않는다

살고 있는 공간에서 숨이 막혀

생각들이 흩어질 때면

모든 것을 포기한 채로

쏜살같이 허공을 가르며

지나가는 것들을 바라보아야 한다

기억은 막막한 벽을 넘지 못하고

그 벽과 함께 아무도 없는 광장에서

서서히 허물어지는

비둘기들의 지친 날개 위로

불안한 출발신호가 울린다

시간을 질러가는 속도는 무섭지 않으나

덜커덩거리며 추억과 충돌하는

그 흔한 흔들림은 매우 낯설다

아무런 목적이 없는데도
같은 방향을 향해
한동안 앉아있어야 한다는 사실이
저항도 없는 의욕이 되어
레일처럼 길게 늘어지고 있다

어디에서 내려야 할지 몰라
간직해 온 지도를 버리지 못한다
눈물을 던져도 추락할 것 같지 않아
이제 그만 내려야겠다

연화지

별들이 뜨고 지는

연화지의 밤하늘

북극성처럼 홀로 빛나는 별이 있고

카시오페아 별자리처럼

무리를 지어 빛나는 별들이 있다

큰 별을 보려고

구름처럼 모인 사람들

내일의 별로 걸어 놓는다

찬란하게 떠올라

우러름을 받는 별

그 별빛에 눈이 열린 사람들은

새로운 세상을 꿈꾼다

연화지 떼창

땅에서 가지에서 솟아나는
새싹들의 연둣빛 전주

기다렸다는 듯
목소리 높여 눈부시게 노래하는
벚나무들의 떼창

폭죽처럼 터지는 꽃잎들
흥에 겨워 흔들리는
물결들의 춤사위

연화지 은하수

어린 꽃들은 부리만
가지고 태어난다

하늘을 삼킬 것처럼
입을 벌리는 새끼들이
날개가 자라는 날

하늘에 영역표시를 하는 꿈으로
충만해 있다

하늘을 쪼아 빛을 터트릴 만큼
부리가 견고해지면
둥지에 발자국만 남긴 채
날아오른다

나무가 사라지고
산이 낮아지면서
가슴이 짜릿해온다

부리의 꿈이 하늘에 걸리려는 데
어디선가 거대한 발톱
공중을 빙빙 돈다

꽃들은 물 위로
추락했으나
하늘을 향한 부리는 다치지 않아

연화지 동그란 우주에서
은하수가 되었다

김천

잃어버린 소리를 다시 찾기 위해

왔던 길로 다시

되돌아가야 하는 기억들

지나온 흔적조차

희미하게라도 새겨두지 못한 것이 후회스러워

가슴이 몹시 쓰린 밤

미처 따라오지 못한 길은

꼭꼭 숨겨둔 미로 속에서 꿈틀거리며

소화되지 않은 추억으로

파랑의 무덤을 만들고 있는데

구멍이 부어올라

말하기조차 힘든 계절은

그림자의 더 어두운 쪽으로 돌아누우며

뼈 없는 깃대 하나 꽂으라 한다

민들레

아랫도리에서 자라는 물오른 푸른 잎들
그 사이를 비집고 어엿하게 일어선 꽃대

홀씨를 다 날려 보낸 할미가
후련한 마음 이불 삼아 다리 뻗고 누우면
여기저기 터져 나오는 씨앗들의 울음소리

배고픔을 참기 힘들었을까
흙바닥을 세차게 움켜쥐었던 손가락마다
톱날 같은 흉터만 늘어나는데도
맑은 얼굴로 안부를 묻는다

어미 떠나간 자식을 품에 안으면
상처가 더욱 깊어진다는 말은
바닥을 떠나지 못하는 할미에게 꼭 맞는 말

가진 것 없어도 기죽지는 않아서

머리맡에 세워둔 노란 꽃등

손주를 기다리는 눈은 언제나 환하다

맨드라미

바람이 뼈를 말리며 졸고 있는
늦가을 오후
과부하 걸린 심장은
겁도 없이 노을 속으로 뛰어 들었다

눈물은 통통하게 속살이 오르고
가슴속 쓸쓸함도 여물어갔다
외로움도 다락방에 올라가
곱게 머리를 빗었다

때 이른 시장기
노쇠한 햇볕을
한입 가득 베어 물었는데
검붉은 눈물이 분수처럼 솟아나
딱딱하게 굳어갔다

할무니의 머리에
붉은 물결이 출렁거릴 때마다
어린 목숨을
한 모금씩 삼켜야 했던
그 가여운 목울대

젖은 지팡이를 의지하고 서 있는
진홍빛 기억이
허겁지겁 비우는
소머리국밥 한 그릇

김천예고

뒷산에서 들리는 꿩 소리
노래도 울음도 아닌 것이
목구멍을 찢으며
막힌 가슴을 뚫으려고
안간힘 다해 신음을 토해낸다

덩어리째 쏟아놓는
한 맺힌 슬픔

목청이 찢어지도록
소리를 얻으려고
허공을 날다 날개를 다쳐
천둥을 부른다

인간의 마을을 맴돌며

외마디 비명으로

통곡의 골짜기를 진동시킨다

슬픈 등
- 골목의 변기

후미진 골목
하얀 변기가 웅크리고 있다

뒤처리를 도맡아
궂은일만 했던 생애

위장이 아직 멀쩡한데도
지상에서 보내는 마지막 밤이
쓸쓸하다

할아버지가 죽은 후
손자와 함께 살았던 할머니
눈물을 훔치며
말없이 지내야 했던 세월

슬픔이 무더기로 쏟아진다

막다른 골목에서

무른 추억들을

흰 손으로

받아내고 있다

눈물은 얼지 않는다
- 국화

아무것도 없는 마당에
빈소를 차린 집
꽃들이 울고 있다

한 생애를 마감할 때마다
어김없이 출몰하는 계절
하얀 표정의 꽃들이
뿌리 없는 목숨을 바친다

얼굴을 감춘 그믐달이
몰래 조문하고 돌아서면
소리꽃이 시들어간다

서리가 마당을 쓸며 울어도
눈물은 얼지 않는다

슬픈 등
– 슬픔주의보

기억을 타고 내리는 쓸쓸한 빗물
추억이 잠길지도 모른다는
불길한 예감이 적중했다

자서전에 눈물이 쏟아지는 날
걷잡을 수 없는 마음 주체하지 못해
책장을 덮고 뛰쳐나갈 것만 같았다

아랫도리가 젖은 채로 걸어 다니는 사람들
하얀 등짝이 시퍼렇게 멍들고
싸이렌 소리 요란하게 울리는가 싶더니
젖은 신음소리가 구석구석 몰아쳤다

무작정 좌절할 수만은 없어
흙탕물이 되어버린 눈물을 정수하며
호우주의보에 귀를 기울였다

슬픔이 다가오고 있으니
슬픔에 대비해야 합니다
편안한 삶을 다시 한 번
살펴보시기 바랍니다

할무니

오래된 고목나무에
따뜻한 온기가 있다는 것을
고목나무를 떠난 뒤에야 알았습니다

익숙해서 쳐다보지도 않았던
고목나무 가지와 잎사귀에
따뜻한 햇살이 머물다 가는 것을
고목나무를 다시 찾아온 뒤에야 알았습니다

다 쓰러져가는 고목나무 품에
따뜻한 정이 깃들어 있다는 것을
고목나무가 떠나간 뒤에야 알았습니다

그 남은 자리
그 빈 자리가 허전해
자꾸만 고목나무가 있던 방향으로
고개를 돌려보는 습관이 생겼습니다

그때마다 따뜻한 온기가
햇살을 머금고 자라는 푸른 잎사귀처럼
온몸에 퍼졌습니다

고목나무는 사라지지 않았습니다
가장 따뜻한 고목나무 한 그루가
가슴속에서 자라고 있기 때문입니다

따뜻한 온기가 고목나무입니다

솜사탕

정적이 감도는 초등학교 정문 옆
낡은 솜사탕 기계

눈부시게 빛나는 하얀 설탕과
담백한 정강이뼈를 닮은 나무젓가락

손때 묻은 스위치를 누르면
요란하게 돌아가는 심장

설탕 한 숟가락 먹고
손금보다 가느다란 실이 되어
연기처럼 피어나는 세월

하얀 실핏줄이 나무젓가락으로 모여
한 생을 포근한 단물로 스며들
동그란 솜사탕을 만들면

활짝 피어나는 솜사탕꽃

먼저 간 할무니 하늘에서 오물오물
맛나게 잘도 드신다

2부 부딪히는 돌을 길가에 쌓으며

노래
– 한 사람이 노래하네

바람이 일렁이고

별들이 빛나고

해가 뜨고

꽃들이 피어나네

계절이 가도

바람은 그대로 있고

별들도 똑같이 빛나고

해도 떠오르며

꽃들도 함박 피어나네

계절이 와도

바람은 멈추지 않고

별들도 흐려지지 않고

해도 가라앉지 않고

꽃들도 시들지 않네

라면 반 개

배고프고 힘들 때
돈이 없어 가난할 때
누구의 도움도 받지 못할 때

라면 하나를 쪼개
반 개를 끓여 먹는다

반 개를 한 개처럼 먹으려고
물을 많이 붓고 끓인다
면이 많은 것처럼 보이게
오래 끓여 불린다

라면 한 개로도
양이 차지 않는 한 끼인데
라면 반 개로 때우는
고달픈 한 끼

라면이 반 개면 스프도 반 개
반쪽은 불완전 그러나
반 개는 완전

반쪽이 아닌 반 개
절반으로 만든 전부
라면 반 개면
한 끼가 충분하다

무명 가수

이름도 모르는 들꽃이
길가든 산이든 어느 한구석에서
조용히 노래한다

지나가는 사람이 간혹
귀를 기울여 듣고
산에 오른 사람이 잠시
쪼그려 앉아 구경한다

무대 위에 해가 떴다 지고
달과 별들이 보였다 사라진나
바람이 불다 멈추고
비와 눈이 내리다 그친다

해마다 되풀이되는 일
모든 것이 언제나 그대로

인천국제공항

갑자기 찾아온
낯선 두려움을 피하려고
다급하게 뛰어다녔지만
해가 지는 방향에 걸려있던 시계는
노을에 가려 보이지 않았다

두툼한 가방들이 바삐 걸어 다니며
동공이 심하게 흔들렸고
눈물을 지니고 있었던 이유를 대지 못해
울음을 강제로 조절 당했다

남아있는 추억을 붙잡고
고개를 두리번거리며
내일의 중심으로 이동할수록
뒤로 남겨지는 발자국은
눈물도 없이 가라앉았다

바게트 한 묶음

프랑크푸르트 공항의 차가운 공기를 기억한다면
돈을 아껴 사 먹어야 했던
바게트 한 묶음도 잊지 못하리

길고 딱딱한 바게트만큼이나 고단한 생활도 길고 딱딱해
바게트처럼 하루 하루 살아가는 날들

세 개가 한 세트로 묶여진 바게트
한 도막 두 도막 세 도막 차례로 먹을 때마다
소품처럼 소비되는 불안한 저녁들

그날 그날의 외로움을 말리면
고단함도 사치가 되는 주말
봉지에 담겨있는 감정 묶음에
그나마 쓸쓸함이 배어 바스라지지는 않았다

사방을 둘러봐도 낯설기만 했던 프랑크푸르트

바게트 한 묶음으로 며칠을 사는 동안

뱃속에서 꾸물거리며 말라가는 눈물로

꾸덕꾸덕한 내일을 다시 반죽해야 했다

기회를 만나는 것은 어려웠으나

바게트를 찾는 것은 어렵지 않아

딱딱한 바게트로 하루하루를 씹으며 견딘다

바게트를 든 손은 떨려도

바게트를 먹는 입은

아무 일도 없었다는 듯 꼭꼭 씹어 삼킨다

남 몰래 흘리는 눈물

들판에 폐기된 전봇대 하나

마른 검불과 자잘한 넝쿨에 휘감겨있다

눈빛 하나로 천리를 달렸을 생애

외발이 꽂혀있던 구멍은

흔적도 없이 막혀버렸는데

발목에 남아있는 기억만 시려

이제는 누워있는 것이 익숙하다

저당 잡힌 꿈속에서

잠이 드는 밤

다시 일어설 수 있을까

아무도 볼 수 없는 어둠이 편안하다

무명 시절

한 세월을 땀 흘리며 보냈건만
얼어붙은 땅 위에서 찬바람에 쓸려가며
이리저리 몸을 굴려야만 했던
그 쓸쓸한 겨울

구석으로 밀려난 것들은
딸려 들어온 흙냄새만 맡으며
웅크린 자세로 살아야 했다

원망의 격정에 얼지도 않는 감정
추억의 이름으로 위로해도
아픔처럼 그 겨울을 견딜 수가 없다

보라색의 비밀

한 사내가 보라색 튤립을 들고

보랏빛 노래를 부른다

그가 사는 마을은 바람의 언덕에 있다

흔들리는 잎사귀들을 만날 때마다

바람이 대서특필했지만

그가 무대를 떠나버린 뒤였다

보랏빛 잎사귀들이

보랏빛 눈물로 지도를 그린다

기다려야 하는 시간

튤립을 어루만지던 눈에서

보랏빛 광채가 난다

그 비밀을 아는 사람은

심장도 보라색

보라색 피가 돈다

출사표

- 태클을 걸지 마

저절로 굴러오는 돌이 아닌

누군가 던지는 돌,

저절로 박혀있는 돌이 아닌

누군가 박아놓은 돌에는

사람의 손때가 묻어 있다

이쪽 길로 가도 되고

저쪽 길로 가도 되는데

왜 그길로 가느냐고

왜 이 길로 가지 않느냐고 따지면서

돌을 굴리거나 박아놓는 사람들

굴러오거나 박혀있는 돌을 보면서

불평하지 않는다

굴러오는 돌은 피해서 가고

박아놓은 돌은 조심해서 가면 된다

누군가의 실수로 발을 잘못 디디다가

안도의 한숨을 내쉴 때도

누군가의 의도로 발목을 삐끗해서

몇 날 며칠 통증을 껴안고 살아야 할 때도

내 발을 겨냥하거나 헛디디게 하려는

그 돌에는 미소가 묻어 있고

내 발을 잡아채거나 멈추게 하려는

그 돌에는 말이 들어 있고

내 발을 부어오르게 하거나 통증을 묶어두려는

그 돌에는 사람이 갇혀 있고

그래도 걸어간다

앞으로 나아간다

부딪치는 돌을 길가에 쌓으며

하루하루 걸어간다

무정 부르스

당신은 나와 함께 춤을 추고 싶어 했지만
그때마다 나는
이러저러한 핑계로
당신의 두손을 잡아주지 못했지

그럴수록 당신의 손은 뜨거워졌고
내 손은 점점 차가워졌지만

당신은 여전히 내 손을 잡고
덕수궁 돌담길을 함께 걷거나
충무로에서 영화를 보고 나서
따뜻한 국수 한 그릇이라도 먹고 싶어 했지

그런 당신의 마음을 왜 몰랐을까
그런 당신의 눈빛을 왜 읽지 못했을까

일이 바쁘다는 핑계로

점점 식어만 가는 내 마음을 감추면서

그렇게 지나온 날들이 야속하네

내 두손을 가만히 펴서 살펴보니

당신을 안아주기는커녕

손조차 잡아주지도 못한 민망한 흔적만 보여

그 손바닥에 내 얼굴을 묻은 채로

오랫동안 고개를 숙이고 있네

손바닥 안에 갇힌 채로

이리저리 흩어지고 갈라지던 손금들이

눈물을 받아주는 시내가 되고

강이 되었을 때에야

가슴속에서 터지는 아픈 통곡

밖으로 흘러 나오지 못하고
안으로 무너져 내리네

희망가

너의 희망이 무엇이냐고
그 부드러운 음성으로 물었을 때
우리는 희망조차 없이 살아왔다고
감히 말할 수가 없었습니다

너의 희망이 무엇이냐고
그 부드러운 눈빛으로 쳐다봤을 때
우리는 희망이 무엇인지도 몰랐다는 것을
들켜버린 듯한 감정에 너무 놀라
그 자리에서 꼼짝없이
얼어붙을 수밖에 없었습니다

너의 희망이 무엇이냐고

그 부드러운 목소리로 노래를 불렀을 때

희망도 없이 살아왔다는

자책과 한탄이 흘러나왔지만

아무도 그것을 드러낼 수는 없었습니다

너의 희망이 무엇이냐고

그 부드러운 표정으로 바라봤을 때

우리는 비로소 희망을 가진 사람이 되어

희망이 무엇이냐고 묻는

그 사람 앞에 설 수 있게 되었습니다

천상재회

누구를 보고 싶어 했을까
누구를 보고 싶었길래
그런 표정을 지었을까

평소 그답지 않게 웃음기 가신 얼굴
보고 싶은 사람이 있는데
눈앞에 어른거리는 사람들이
신경쓰였을까

삶이라는 거
어느 한순간 무너질 수 있다는 거
다 알지
아주 잘 알고 있지

하늘을 본다는 거
하늘을 보는데도
눈물이 흐르지 않는다는 거
이미 겪어서 다 알지
아주 잘 겪어서 알고도 남지

평소 그답지 않게 경직된 표정
불러보고 싶은 이름이 있는데
오늘은 참고
내일 불러보기로 했을까

만나면 무슨 말을 해야 할지
떠오르지 않아
그렇게 살아온 지 오래
지금은 다만 만나고 싶다는
그 작은 설레임에 기대
메마른 울음을 토해낸다

이럴 때는 감정도 사치라는
그 오래된 습관이 고맙다

짝사랑

그 중에 몇 사람은
사내가 짝사랑을 모를 거라고 생각했다
그 중에 한두 사람은
사내가 짝사랑을 못했을 거라고 단정지었다
그러나 사내는 짝사랑을 알고 있었고
짝사랑을 할 수 있었다

사내가 짝사랑을 하겠다고 했을 때
짝사랑으로 떠들썩하게 만들었던 그 여인은
짝사랑이 어울리지 않는다고
사내를 말렸으나
사내는 짝사랑을 잘 해보겠다면서
짝사랑을 하기 시작했다

핏이 살아있는 분홍색 슈트를 입고
짝사랑의 감정을 살려 살랑살랑
짝사랑을 보여주었다

처음 하는 짝사랑이 서툴 듯이
사내의 짝사랑도 처음이었지만
어떻게 사랑해야 하는지
어떤 사랑의 말을 해야 하는지
사랑의 말을 사랑의 책에 써내려가는
짝사랑의 심장이 두근두근

그 중에 몇 사람은
사내가 짝사랑을 모른다고 생각했다
그 중에 한 두사람은
사내가 짝사랑을 못했다고 단정지었다
그러나 사내는 짝사랑을 알고
짝사랑을 했다

단 한 번의 사랑스러운 짝사랑

사내는 이제

짝사랑을 하지 않아도 되었다

바람남

– 갈대밭

ㅋㅋㅋㅋㅋㅋㅋㅋ

ㅋㅋ ㅋㅋㅋㅋㅋㅋㅋㅋㅋ

ㅋㅋㅋㅋㅋㅋㅋㅋㅋ

ㅋㅋㅋㅋㅋㅋㅋㅋㅋ

ㅋㅋㅋ ㅋㅋㅋㅋㅋㅋㅋ

ㅋㅋㅋㅋㅋㅋㅋ

ㅋㅋㅋㅋㅋ ㅋㅋㅋㅋㅋ

바람이 분다

한쪽으로만 분다

등이 굽은 채로

한 평생 살아가는

그 가여운

목숨들 위로

허리가 꺾여

바람을 등지고 살면서

그렇게 버티면서

크크크 웃는

바람남의 세상

ㅋㅋ ㅋㅋㅋㅋㅋㅋㅋㅋ

ㅋㅋㅋㅋㅋㅋㅋㅋㅋ

ㅋㅋㅋㅋㅋㅋ

ㅋㅋㅋㅋ ㅋㅋㅋㅋ ㅋㅋㅋㅋ

ㅋㅋㅋㅋㅋㅋㅋㅋ

ㅋㅋ ㅋㅋㅋ ㅋㅋㅋㅋ

ㅋㅋㅋㅋㅋ

바람의 기도

산골 예배당에 새벽이 찾아오면
먼저 와서 울고 있는 바람

폐부에 스며든 어둠을 털기 위해
제일 앞자리까지 떨면서, 떨면서,
깨진 무릎으로 기어간 흔적들

괴로운 몸 이리저리 흔들 때마다
낡은 마루 삐걱거리는 소리가 들린다

아무도 알아들을 수 없는 노래를
저 혼자 목청껏 외치다가

낡은 외투 안쪽에 숨겨둔
빛바랜 편지를 꺼내 읽으면
화르르 무너지는 바람

미친 듯 돌아다녔던 눈물이

곱게 마시고 가는 기도 몇 모금

바람은 내상을 입지 않는다

천지를 휘돌아다니는 바람은
상처 하나 없이 멀쩡하다

바람이 불지 않을 때
어디선가 숨어서
울고 있는 가슴에
바람이 들었음을 기억하라

바람은 눈물 없이 울고
소리 없이 울고
아픔도 없이 운다

상처 하나 없는
바람의 소리를 들어보라

고맙소
– 기다려준 당신에게

고맙다는 말을 하기가 얼마나 힘들었는지
이제야 고백하오
그동안 함께 해준 당신에게

고맙다는 말이 입에서 내내 맴돌았으면서도
지금까지 입밖으로 꺼내지 못해
갈수록 커져만갔던 미안함

당신이 내 손을 잡아주지 않았다면
난 벌써
그 말이 목구멍에 막혀
숨조차 쉬지 못해
가슴을 치며 살았을 것이오

내가 지쳐 웅크리고만 있었을 때
내 손을 가만히 잡아준 당신

그 손의 온기가 따뜻해
꽉 막혀 있던 울음이 터졌고
그때 당신을 향해 솟아나는
고맙다는 말

너무 늦은 것 같아서
너무 염치없는 것 같아서
다시 삼켜버리고 싶었지만

지금 아니면 다시는 기회가 오지 않을 것만 같아
고맙다는 말을
정말 고맙다는 말을

이제야 고백하오
그동안 기다려준 당신에게

3부 천둥소리가 눈물을 재생하는 날

보라색 튤립

딱 한 송이만 있으면 된다
두 송이도 필요 없고
오직 한 송이만 있으면

다른 꽃은 없어도 된다
그 어떤 꽃도 필요 없고
오직 보라색 튤립만 있으면

다른 꽃은 꽃이 아니다
감히 이렇게 말한다
오직 한 송이 꽃만 있기에

딱 한 송이 보라색 튤립
무대에서 피어나는
오직 한 송이 보라색 꽃

눈물을 재생하다
– 내 하나의 사람은 가고

아스팔트 위에 검게 그어진
굵은 타이어 자국
고분의 벽화처럼 남아있는
하얀 실루엣과 숫자들

길을 관통하는 시간을 따라
중심이 급격하게 앞으로 쏠렸을 생애가
어지러운 멀미 끝에 토해낸
소지품 몇 개

교차로에서 일어난
그날의 속도는 지금도 생생한데
저 단단한 길을
철필로 긁어 상처를 내면
잃어버린 삶을 복원할 수 있을까

살이 짓무르면서도
뒤따르는 바퀴 자국을 숨겨주었던
짧고 강렬한 두 줄

마지막 밥상에 놓인 젓가락인 듯
길바닥에 납작 엎드려 있다

끝내 스며들지 못했던 천둥소리가
눈물을 재생하는 날
그 흔적을 완전히 지울 것이다

비련

바람이 스며들고
빗물이 스며든다

스며들어서
흔적을 남기지도 않고
형체도 잃어버린다

나무도 스며든다
뿌리는 땅속으로
가지는 공중으로

스며들지 않으면
굴러다닐 뿐

구르다 생긴 생채기들의
터진 입술

스며들 곳을 찾기 위해
땅을 더듬으며
길을 묻는다

가을꽃

기미가 늘어가는 얼굴을
서로 바라보며

시들어가는 꽃을 어루만진다

귀찮고 못마땅해서
외면했던 것들

가만히 만져주는 날들

피는 꽃을 보며
열광하던 시절은 가고

지는 꽃을 보며
울음을 삼키는 시절이 왔다

꽃은 시들기 위해 핀다

시드는 순간부터 떨어질 때까지가
꽃이다

내 사랑 내 곁에
– 마네킹

실오라기 하나 걸치지 않은 채
캄캄한 창고에서 지내다
멋진 옷을 입고 무대에 서면
마른 심장에 뜨거운 피가 돌아요

눈이 마주치는 것을 피하는 사람들
뮤지컬의 4막이 끝나면 허물을 벗어요

화려한 꿈에서 깨어나기 전
언제나 잠들어있는
가장 완벽한 표정을 지어요

그대 향한 사랑

– 여울목

흘러가는 것과

흘러가는 길목에 앉아있는 것들이

비키라고

못 비킨다고

서로 부딪히며 옥신각신하는 곳

물과 바위가

하얗게 부서지거나 조금씩 패여 가면서

그 자리만 지키는 고집을 버리라고

물길 따라 쉽게 흘러 가는 게

너무 가벼워 보인다고

거품을 품으며 부글거리고 있을 때

가뭄이나 홍수를 겪은 나무들이 잃어버린 말을 찾기 위해 깊은 밤 홀로 일어나, 처절하게 핍박을 받았던 뿌리의 어두운 기억 속을 뒤져 여울의 아픈 흔적을 나이테에 기록하는 거룩한 시간이 당도했으니

굽이굽이 상처를 안고 흘러가는 세월의 모퉁이를 지날 때마다, 눈물을 막아서는 굵은 손마디나 발밑의 모래를 쓸어가는 이름 없는 울음 앞에서

흘러가는 것은 흘러가야 하고
머물러 있는 것은 머물러 있어야 한다는 것을

그대 부디 잊지 말기를

낭만에 대하여

한 해의 마지막 달 12월이

낭만을 그리워하는 자들을 자극하면

저마다 밀린 낭만을 구매한다

지하철 안에서도 낭만을 제공해야

동전 몇 푼이라도 더 건지는 세상

낭만적인 사람들이 너무 많아

세상이 내다 버린 쓰레기 위에

낭만의 이름을 쓴다

세상의 모든 무관심을

낭만의 이름으로 견디는 자들에게

하루를 채 살지도 못했으나

몇 년을 산 것처럼 살아낸

낭만의 사람들에게

낭만을 가불해 낭만을 지급할 때

낭만의 표정이 붉어진다

너나 나나
– 수첩을 바꾸며

일 년에 한 번 만났다 일 년에 한 번 헤어진다

손을 내밀면 닿을 수 있는 책상 위에 있다가
심장의 박동을 느낄 수 있는 주머니 속에 있다가

모든 약속과 비밀 정보가 담겨있는 가슴을 열어
착실하고 세련된 비서처럼 펼쳐 보여주는 스케줄

아직은 책상 위에 두고 살아야 할 날이 남아
가끔 지난 기록들을 들춰보기도 하겠지만
간직하고 있는 기억들은 부질없는 것들이 될 터

혹시나 필요할까 싶어
무시도 정성도 없이 보관해두기만 할 뿐인데

손때 묻은 것이 좋은 것만은 아니라서
구석에 처박혀 지내는 동안 무심한 추억 속을 들락거리며
불평이나 하소연이나 원망들을 쏟아놓는다

일 년에 한 번 만났다 헤어지는 관계가
흔하디흔하다는 것을 알았으면 좋겠다고

뒤도 돌아보지 않은 채 태연하게 당부한다

퇴근길
– 가면

가면을 쓰고 산다

아버지라는 가면
어머니라는 가면

자식들은 가면이 없지만
서서히 자기만의 가면을 만들면서
어느 순간
그 누구도 벗길 수 없는
자기 스스로도 벗을 수 없는
단단한 가면을 쓸 것이다

춤을 추든
연기를 하든

때로는 불편하기 짝이 없어
누군가는 과감하게
누군가는 절망 속에서
껍질을 벗겨버리기도 하지만

결코 무대를 벗어날 수 없어
가면을 벗지 못하는 가여운 유희들

가면을 벗고 산다

남편이라는 가면
아내라는 가면

홀로 아리랑

- 섶다리

내 등 밟고 가세요

가서 다시는 돌아오지 마세요

당신을 보고 싶지 않아서

고개만 숙이고 있어요

당신이 무거워 힘들겠지만

한 세상 거뜬한 추억

푹신한 길이 되어

고통을 견딜 수 있어요

돌아보지 않아도 괜찮아요

기억하지 않아도 괜찮아요

내 등에 남은 발자국은

당신의 체온이니까요

말없이 떠나간 그리움에

당신 가슴 먹먹해지거든

나를 밟고 떠난 그 길 따라

언제든 달려오세요

4부 바람은 무한의 날개를 달고

콘서트

그가 흘리는 눈물은
그 눈물을 보는 사람들의
마음속에서
빛나는 보석이 되었다

그 보석을 보고
다시 흘리는 눈물은
그의 가슴속에서
찬란한 노래가 되었다

그리움의 계절

귀를 열면 들리는 노래
숨을 들이마시면 들리는 소리

귀가 맑아지고
가슴이 시원해지는 시간을 지나
노래의 계절이 오면

눈을 감고 듣는 노래가 피어나
마음속에 정원을 가꾼다

귀를 닫아도 들리는 멜로디
눈을 감으면 더욱 살아나는 음색

노래가 모여 노래가 되고
음악이 모여 음악을 이루면

계절은 무수한 소리로 가득 찬다

결이 다른 소리가 어우러지고
질이 다른 노래를 불러도

귀가 더욱 열리고
가슴이 더욱 깊어지는 순간

그리움의 계절이 열린다

지금 이 순간

– 일몰

뜨거웠던 중심이

기울어지는 내리막길의 속도를 견디지 못해

몇 개의 거짓말을 살해하고

옷을 입은 채로 물속에 들어간다

찬란했던 하루가 잔불처럼 사그라들어

여기저기 둥둥 떠오르고

고기들은 번쩍이며 쏜살같이 역류하는 순간,

해풍에 아픔을 삭이며 모질게 걸어온 세월이

따뜻한 밥상을 차린다

아직도 식지 않은 심장의 고동소리가
푸른빛을 잃어버린 바다에서
서러운 짐승의 눈빛으로 일렁이며

그리움이 가출한 수평선 위에서
마지막 노래를 숨죽여 부른다

저 깊은 상처의 유랑이
심연의 빗장을 가슴에 품은 채
붉은 눈시울 속으로 잦아든다

아무도 잠들지 마세요

– 네순 도르마

사람이라면 누구나 잠들어요

사람이라면 단 한 번의 잠을 자야 해요

그러나 당신은 잠들지 마세요

잠들면 모든 것이 사라져요

잠드는 순간 전부 다 없어져요

그러니 당신은 잠들지 마세요

잠들면 다시 깨어날 수 없어요

잠자면 다시 일어날 수 없어요

별들은 밤에 계속 뜨고 지는데

당신은 떴다가 지고서는

다시 뜨지 못할까 두려워하죠

인생을 받아들여야 하는데
잠을 인정해야 하는데
잠이 불안해 눈감기 어렵고
잠이 두려워 눕기 힘들어요

누가 손을 잡아줄까요
누가 마음을 위로해줄까요

사람이라면 누구나 깨어나고 싶으니
사람이라면 누구나 다시 눈을 뜨고 싶으니
잠을 자도 잠들지 마세요
잠들어도 잠자지 마세요

잠자다가 눈을 감아버리면 그때는 끝
잠들었다가 눈을 뜨지 못하면 그때는 마지막

잠들지 않기 위해

다시 깨어나기 위해

아무도 잠자지 마세요

아무도 눈감지 마세요

바람과 바위
– 노래와 말

노래가 바람이라면
말은 바위

바람은 무한의 날개를 달고
하늘 끝까지 날아가고
바위는 무한의 무게를 지고
태산 끝까지 올라가네

바람이 노래라면
바위는 말

날개는 무한의 바람을 타고
하늘 끝을 불러오고
무게는 무한의 바위를 지고
태산 끝에 세우네

빈체로

제일 무서운 것은 패배

나는 당신을 떠나지 않고
당신 곁에 있을 것이다

나의 무서움은 당신의 무서움
나의 편안함은 당신의 편안함

무서워하는 패배를
경험하지 않기를 바라는 마음

패배가 제일 무서워야
패배하지 않을 거라는 믿음

내일은 나도 당신도

패배하지 않기로 결심할 때

당신이 내 곁에 있을 것이다

무정한 마음

사랑이 참 쓰다
써서, 강물에 씻는다

씻어도 깨끗해지지 않는
비린 사랑
노래에 섞어
바다에 흘려보낸다

강물에 타서
휘휘 저어 마시는
세 박자 왈츠

당신, 구식이야
손가락질해도 좋다

그 쓴맛,

강에 와서

다 게워내면 되니까

노래로 해장하는

속이 쓰리다

사랑에 씻어도

보이지 않는다

산노을

바라보고 싶었던 죄밖에 없었다

남이 뭐라든 상관하지 않았던 시절
얼굴이 닮았다는 이유만으로
황색 루머가 공중에 매달렸다

침을 삼킬 때마다 따끔거려서
애꿎은 귓구멍만 후벼 파곤 했는데
그때마다 무른 울음이 흘러 나왔다

변해가는 낯빛을 들키고 싶지 않아
우물로 달려가 고개를 숙이면

햇빛을 저장하지 못한 씨앗들이 우르르
수직으로 뛰어내리며
동그란 유서 하나씩 물 위에 띄웠다

문은 아직 열려있는데
마당에는 산그림자도 들지 않고
등 굽은 지팡이 끝에서 바람이 분다

먼저 간 할무니는 이쯤에서 쉬었을까
여긴가 싶어 고개를 떨궈 바라보는데

가을 저녁의 해바라기들이
해를 등진 채로
울음의 씨앗들을 털어내고 있다

넬라 판타지아

흔들흔들, 지휘를 시작하면
신비로운 서주가 울려 퍼지는 뿌리

바이올린 가지들은 연둣빛 새싹을 틔우고
목관 가지들은 하얀 꽃망울을 터트려요

우듬지에 날아와 앉는 피콜로 새들과
바람을 부르며 노래하는 첼로 잎사귀들이
부드럽게 끌고 가는 아다지오 칸타빌레

금관은 굵은 가지를 흔들며 넘실거리고
하프는 가느다란 가지들을 살짝살짝 뜯으며
음색과 템포를 은은하게 조율해요

물 위에 늘어진 더블베이스 가지의 피치카토

오래 기다렸던 빗방울 실로폰과 함께

둥당둥당 딩동댕동 리듬을 맞춰요

수면에 펼쳐진 오선지를 읽는 연주자들

빠르게 지나가는 16분음표도 놓치지 않으려고

초롱초롱 눈을 뜨며 악보를 넘겨요

낭창낭창 위아래로 움직이는 선율

나무 속으로 뻗어가는 물줄기가 활이 되어 현을 켜요

바람이 되어 관을 울리고

스틱이 되어 나무껍질을 두드리면

나이테 스피커가 서라운드로 울려 구석구석 전달해요

가까이서 멀리서 즐겁게 감상하는 산과 하늘

해는 언제나 특석 산봉우리는 제일 먼 C석

연주회가 끝났는데도 박수 치며 앵콜을 요청하는 관객들

단풍 낙엽을 우수수 연주한 후에야

겨우 함박눈 막을 내려요

오 솔레 미오

‒ 해바라기

봄부터 장대가 높이 세워지더니
햇살 가장 뜨거운 여름 한복판에
동그란 얼굴이 매달렸다

허공에서 물기를 말리는 사이
머리에 써보는 노란 화관

품을수록 여물어가는 씨앗들이
흩어져 푸른 새싹을 틔우고
함께 모여 노란 꽃들을 피우기까지
장대만 홀로 남아 바람을 휘젓는다

뜨거웠던 시절을 잊을 수가 없어
다시 찾아온 봄을 살피는데
화관은커녕 가시관도 없이
아등바등 살아가는 인생들

아래를 보지 않고 살기로 결심할 때

바람이 흔들어 깨우는

늙은 해바라기의 꿈

풍경

– 어린 숲의 나무는

나무로 태어나

나무가 되었다

어디에 있어도

나무가 되었다

함께 있어도

나무가 되었다

혼자 있어도

나무가 되었다

산꼭대기에서도

나무가 되었다

바닷가에서도

나무가 되었다

비를 맞아도

나무가 되었다

눈을 맞아도

나무가 되었다

죽은 후에도
나무가 되었다
영원한 나무가
되었다

국제호텔

이 호텔은

둥근 호수 옆에 있다

각이진 사방 벽면

사람이 지나가도

관심이 없다

손님을 받지 않는 호텔

별들만 받아도

방이 모자라다

튤립연가 영원한 사랑 그대

초판 1쇄 인쇄 2023년 5월 20일
초판 1쇄 발행 2023년 5월 30일
초판 2쇄 발행 2023년 6월 10일

지은이 이종섶
펴낸이 김정동
편집 김승현

펴낸곳 서교출판사
주소 서울시 마포구 성지길(합정동) 25-20 덕준빌딩 2층
전화 02-3142-1471(대)
팩스 02-6499-1471
이메일 seokyobook@gmail.com
블로그 http://blog.naver.com/seokyobooks
홈페이지 http://seokyobook.com
페이스북 @seokyobooks | **인스타그램** @seokyobooks
ISBN 979-11-89729-82-0 (03810)

서교출판사는 독자 여러분의 투고를 기다리고 있습니다. 출판 관련 원고나 아이디어가 있으신 분은
seokyobook@gmail.com으로 간략한 개요와 취지 등을 보내주세요. 출판의 길이 열립니다.

※ 잘못된 책은 바꾸어 드립니다.
※ 책값은 뒷표지에 있습니다.